这本《自然故事》属于：

献给罗德尼、奥斯汀、乔治娅和花园里有很多夏蝉的南纳·桑顿
——莱斯莉·吉布斯

献给我们珍贵的野生生物
——朱迪·沃森

图书在版编目（CIP）数据

蝉 /（澳）莱斯莉·吉布斯著 ;（澳）朱迪·沃森绘;
于特译. -- 福州 : 海峡书局, 2023.6
（自然故事. 我爱观察）
ISBN 978-7-5567-1080-5

Ⅰ. ①蝉… Ⅱ. ①莱… ②朱… ③于… Ⅲ. ①儿童故
事—图画故事—澳大利亚—现代 Ⅳ. ①I611.85

中国国家版本馆CIP数据核字(2023)第080292号

著作权合同登记号 图字：13-2023-055

浪花朵朵

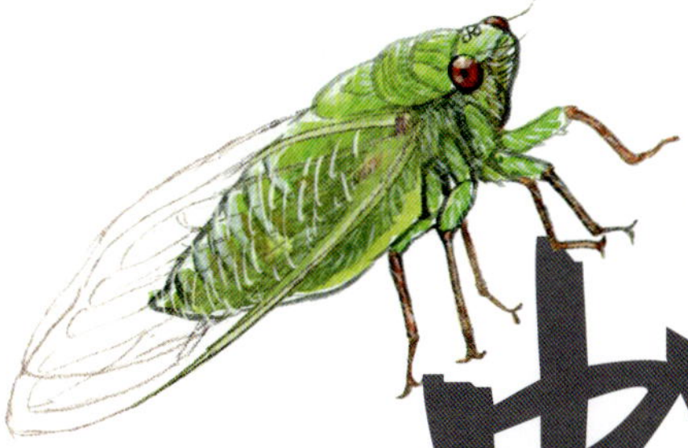

蝉

[澳]莱斯莉·吉布斯 著
[澳]朱迪·沃森 绘
于特 译

海峡出版发行集团
THE STRAITS PUBLISHING & DISTRIBUTING GROUP
海峡书局

夏季里的一天，我和爷爷要去观蝉。

我负责准备帐篷和睡袋，爷爷忙着装好冷藏箱。

蝉是一种大型的飞行昆虫，它短粗的身体上长着3对足，背上叠放着2对翅膀。

我们把宿营装备放到四轮小车里，拉着车步行前往艾派克斯保护区（Apex Reserve）。

去年我们找到5只澳洲绿蝉（*Cyclochila australasiae*）、3只澳洲黄蝉（*Cyclochila australasiae*）和1只澳洲披粉蝉（*Aleeta curvicosta*）。

今年，我希望能发现一只澳洲黑王蝉（*Psaltoda plaga*）。*

爷爷说这种蝉跟鸡长牙齿一样罕见。

澳洲绿蝉、澳洲黄蝉和澳洲黑王蝉是根据它们身体的颜色来命名的；而有些蝉比如双鼓匍蝉，是根据它们发出的声音来命名的。

*以上四种蝉都是澳大利亚的本土种类，括号内标注的是它们的拉丁语学名，它们没有对应的通用中文名字，所用的名字是译者按照其种类特征拟定的。

我们搭好帐篷，等待太阳下山。

蝉的叫声太吵了，我只好捂上耳朵。

爷爷说疯狂叫着的是雄蝉，它们在呼唤配偶。

有些蝉的叫声特别大，听得人耳朵很不舒服，有时还会觉得疼。还有一些蝉的叫声频率太高，人耳根本听不到。雄蝉在放声高歌时，位于腹部的鼓膜就折叠起来，它们感知声音的灵敏度随之下降，就不会把自己给震聋了。雌蝉腹部有敏锐的听觉器官，如果它喜欢雄蝉的歌，就会通过抖动双翅来回应。

大多数人在树上寻找蝉，其实找到蝉的真正秘诀是在地上翻找蝉若虫。

我和爷爷最喜欢在老斑叶桉树下高低起伏的草丛里寻找了。

蝉若虫是幼年期的蝉。雌蝉用产卵管的管鞘在树枝、灌木或草茎上切出一条缝，把数百枚小小的米粒状的卵产在里面。大约一个月后，卵孵化成若虫。若虫很小，没有翅膀。

“我找到一只！”我喊道。

它是棕色的，身体软软的，也不好看。我觉得它长得像从外太空来的外星人。

“它可太漂亮了！”爷爷说。

我注视着这只蝉若虫，看它一点点爬上斑叶桉树的树干。

爷爷说，蝉若虫在地下生活多年以后，会挖通道爬出来。随后，就像变魔术一样，它们一夜之间就会蜕变为成年蝉。

孵化后，蝉若虫会掉落到地上，然后用强有力的前足挖洞。有些蝉若虫要在地下生活17年。它们从树根中吸食汁液，填饱肚子。

太阳下山后，我打开手电筒。现在，我们一边观察，一边等待。

蝉若虫长到足够大时，便挖个通道从土里钻出来，再爬到树上或其他高高竖立着的物体上，然后蜕掉外壳，变为长着翅膀的成年蝉。

“快看，爷爷！”

一只蝉若虫的表皮裂开，成虫正扭动身体，一点一点往外钻，先是头，之后是长有足和翅膀的胸腹。它全身都是湿的，翅膀皱巴巴的。到了早上，它的身体就会晾干，翅膀也会舒展伸长，变得硬挺。

“该睡觉了。”爷爷说。可我特别兴奋，根本睡不着。

成年蝉有两对翅膀，它们大多晶莹剔透，上面分布的翅脉，像骨骼一样对翅面起到支撑和加固的作用。

刚钻出蝉蜕的成年蝉，翅膀随着体液的注入而展开，而后变得硬挺。

蝉因种类不同，翅膀的长度也不一样，通常在2.5厘米至15厘米之间。

早晨，所有蝉若虫都完成了蜕皮。

空空的蝉蜕仍然钩在桉树的树皮上。

蝉若虫长着带尖刺的足，所以蜕下的那层蝉衣能钩在大多数物体的表面。

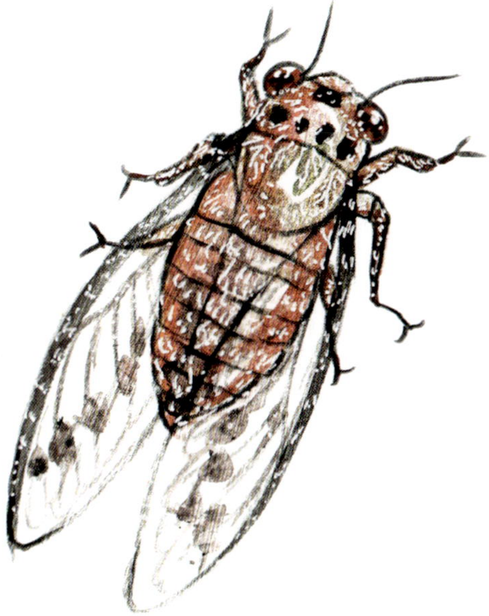

我数了数，一共有4只澳洲绿蝉，3只澳洲披粉蝉和2只澳洲黄蝉。

澳洲绿蝉算得上全世界叫声最大的几种蝉之一。澳洲披粉蝉的名字源于成年蝉身上覆盖着白色的面粉状物质。

还有1只，是澳洲黑王蝉。

我指给爷爷看。他不敢相信，马上抓起相机，趁它还没飞走，赶紧把它拍下来。

大家一定都想看我们拍到的澳洲黑王蝉。我们会因此而出名的！

通常在城市里很难看到澳洲黑王蝉。它们一般会出现在河流沿岸的木麻黄树上。

我和爷爷躺在林间凉爽的草地上，

整个下午都在观蝉，看它们飞来飞去，
听它们“吱吱”地吵闹着。

爷爷说，蝉只能活几个星期，还有好多事要做，比如寻找配偶，产卵。

蝉很难在人工饲养条件下存活，因为它们需要喝新鲜的树木汁液。蝉把吸管一样的口器刺入树干吸食汁液。大多数成年蝉能活2～4个星期。

我们收拾装备时，一只蝉惊喜来访。

那是一只澳洲黑王蝉，它飞过来，落在我的手上，用翅膀“挠”着我的手指，痒得我忍不住笑。

不一会儿，它转着圈飞，越飞越高，消失在午后的阳光中。

看着它飞走，我和爷爷都有些失落。

爷爷安慰我说，如果它能找到配偶，来年我们可能会遇到这只澳洲黑王蝉的后代。我真有点儿等不及啦！

关于蝉

蝉分布在除南极洲以外的大陆上，是世界上叫声最响亮的动物。它们长着带刺的足和长长的口器，用来抓住树皮、刺进树干吸食汁液，但不会去蜇其他动物。要区分雌蝉和雄蝉，需要仔细观察它们的腹部。雌蝉的腹部尖尖的，雄蝉的腹部则不那么尖。观察蝉若虫的最好时间是傍晚。记住用眼睛观察，不要用手碰。蝉若虫需要足够的空间蜕皮，蜕皮后成虫要把那精致的翅膀晾干。如果它的双翅在晾干前被触碰到，那么很有可能无法正常舒展，也就无法飞行。

莱斯莉 · 吉布斯

她在澳大利亚悉尼北部海滩和新南威尔士州的沃加沃加市长大。从悉尼大学教育学专业毕业后，在小学教育领域耕耘16年，教授的课程包括舞蹈、戏剧、辩论以及公共演讲。目前是一位童书作家，创作的作品屡获奖项，并被多个国家引进出版。

朱迪 · 沃森

她在父亲兽医诊所后面的房子中长大，所有假期都在沙滩旁的农场中度过。如果没在阅读和绘画，那她一定正躺在茂盛的草丛里观察虫子和鸟呢。朱迪的第一本图画书获得了澳大利亚总理儿童文学奖（Prime Minister's Literary Award for Children's Fiction）。她给孩子们画了二十多本书，尤其喜欢画出现在这本书里的澳大利亚本土植物。

索引

你可以使用索引表查询蝉的相关知识。

书中有两种字体，这种和**这种**，都要阅读哟！

写给家长

与孩子们分享书籍是帮助他们学习阅读的最佳方式之一。《自然故事：我爱观察》是一套自然知识绘本，插图精美，屡获奖项。这套书重点描绘动物和植物，对孩子们有非常强烈的吸引力。孩子们通过反复阅读和体会这套绘本，或许可激发对一个主题的兴趣，进而深入思考和探索，发现更多知识。

每本书都是对现实世界的一次历险，既丰富了孩子们的阅历，又培养了他们的好奇心和理解能力——这是最好的学习方式。

这本《自然故事》属于：

欧洲栗
水青冈

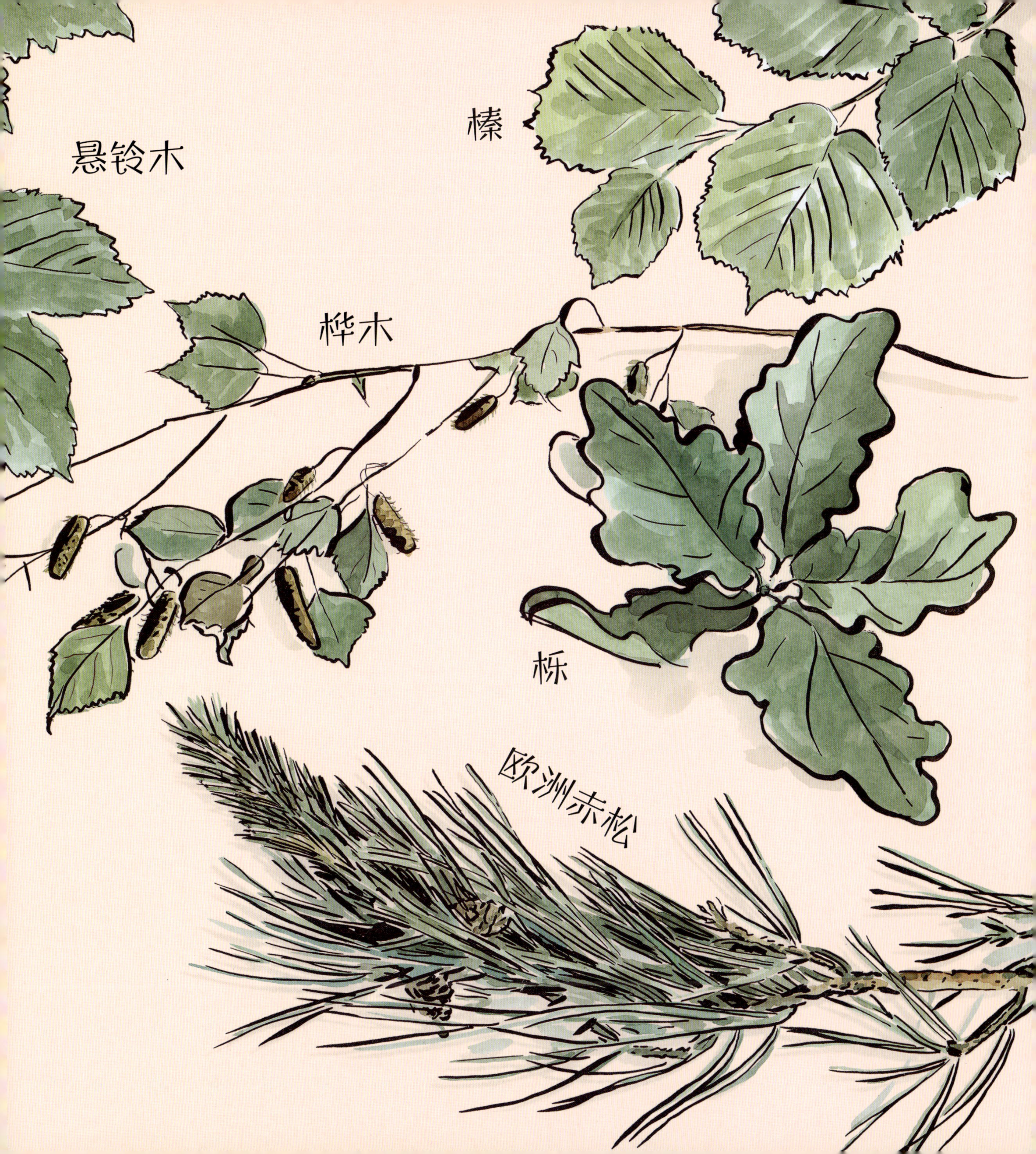
榛
悬铃木
桦木
栎
欧洲赤松

献给L.I.

——克里斯·巴特沃思

献给诺克女士的班级

——夏洛特·沃克

图书在版编目（CIP）数据

树的四季 / （英）克里斯·巴特沃思著 ；（英）夏洛特·沃克绘 ；于特译. -- 福州 ：海峡书局，2023.6
（自然故事. 我爱观察）
ISBN 978-7-5567-1080-5

Ⅰ. ①树… Ⅱ. ①克… ②夏… ③于… Ⅲ. ①儿童故事－图画故事－英国－现代 Ⅳ. ①I561.85

中国国家版本馆CIP数据核字(2023)第080290号

著作权合同登记号　图字：13-2023-055

浪花朵朵

树的四季

[英]克里斯·巴特沃思 著
[英]夏洛特·沃克 绘
于特 译

海峡出版发行集团 THE STRAITS PUBLISHING & DISTRIBUTING GROUP | 海峡书局

春天来了！

春天，我喜欢树木枝头的变化。

珠子一样的树芽，从树枝上冒出来，越长越大……

和花草相比，树木是长得高大的植物。
大多数植物都会在春天生长。
树芽有两种——叶芽和花芽，它们分别会长成叶子和花朵。

21
9

李子树上的花苞绽开，蜜蜂在花朵间“嗡嗡嗡”地忙碌着……

蜜蜂到处访花，采集花蜜。花朵里的花粉会沾在到访的蜜蜂身上，再由它们带给另一朵花。

其他树上的叶芽也长
大了，伸展开，长成
了全新的叶子。

树木醒了！

新叶一般是鲜绿色的，叶片
有点皱，摸起来软软的。

鸟儿和松鼠在树的高处筑巢，
巢穴藏在新叶之间，很安全。

夏天，

我喜欢树木高大、
粗壮的样子。

这棵树的树干很粗，枝杈也很多，
把我们住的公寓楼全都遮住了。

树木在春天和初夏生长得较快。它们的根从土壤里吸收水分。在炎热的天气里，一棵大树每天都要喝很多水，有满满一浴缸那么多。

夏天的树上长满了叶子，投下一地的阴凉。被风一吹，满树的叶子发出海浪一样“哗哗”的响声。

树叶利用阳光为树木制造食物，这样树木才能不断地生长。

和春天时相比，夏天的树叶变得更厚、更强韧，颜色也更绿。

这时，李子树上的花朵全都凋谢了，在开过花的地方结出了小小的青李子。

如果没有蜜蜂来授粉，
李子花就结不出李子。

在夏日阳光的照晒下，新长出的李子青果几周之内就会一点点变大，慢慢成熟，变得美味多汁。

秋天里，白天变短，天气转凉，树叶开始
变换颜色，很快就会枯萎掉落。

秋天，

我喜欢观察树木颜色的变化：
从深浅不一的黄到南瓜橙，再
到消防车红。

除了色彩鲜艳的树叶，
我也喜欢观察树的种子和成熟的果实：
松鼠爱吃的坚果，老鼠爱吃的浆果，
还有鸟儿爱吃的香甜多汁的李子。

每个李子里都有一粒种子，
这粒种子种到土里以后能长成新的李子树。

刮大风时，树木就下起了“叶子雨”。（要是能抓住飘在半空中的树叶，你就可以许个愿。）

一些高高挂在枝头的阔叶看着挺小，但是等落到地上以后你就会发现，它们其实还挺大的。

不是所有的树都会在秋天掉光树叶。那些在秋天里大部分或者全部叶子会枯死、掉落的树叫落叶树，而一年四季枝头上都长着绿叶的树叫常绿树。

冬天，

我喜欢树木光秃秃的样子。这时倚靠树干，仰起头向上看，能一直看到树顶。

（树皮摸起来坚硬且粗糙。）

掉光叶子的树会在
灰暗、寒冷的冬天
里休息一下，暂时
停止生长。

树皮保护树木不被昆虫或其他动物啃食，
也为树木隔热和保暖。

暴风雪来了，树枝剧烈摇摆，很多细枝被风吹断，就连树干也晃动起来，但树根把树木牢牢地固定在大地上，树木很安全。

此时，树木在等待——

等待温暖的春日，
到那时，它们将
再次醒来！

21
9

你可以跟树玩很多游戏，
以树为材料做很多事情。

用长木棍和掉落的树枝建一个小窝棚。

收集松果、树叶、树枝、橡子和栗子。

把倒了的树木当作攀爬架，爬上爬下地玩。
（要注意安全哦！）

用落叶和细枝摆成图画和图形。

玩捉迷藏时，藏在老树的树洞里或是躲在低垂的枝叶后面。

掀开一截朽木或扒开一块树皮，寻找虫子。
（手边准备一个放大镜）

静静地待在一旁，观察那些在树上
安家的野生动物。

索引

你可以使用索引表查询树的相关知识。书中有两种字体，**这种**和这种，都要阅读哟！

关于李子树

李子树有很多品种。因种类和气候的不同，李子树开花和结果的时间存在差异。本书提到的是名叫“斯坦利”的品种。

欧洲栗
水青冈

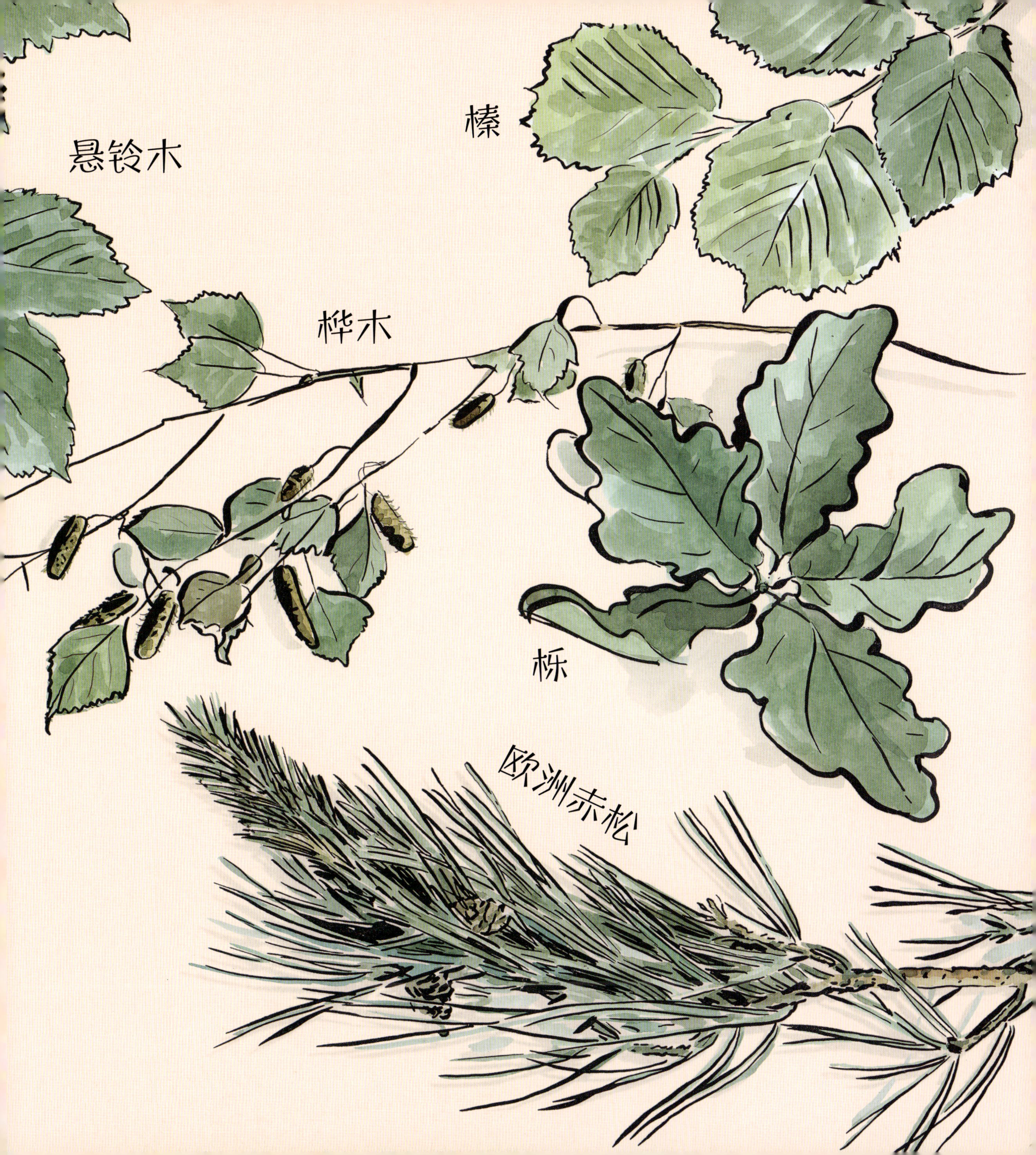

榛
悬铃木
桦木
栎
欧洲赤松

写给家长

与孩子们分享书籍是帮助他们学习阅读的最佳方式之一。《自然故事：我爱观察》是一套自然知识绘本，插图精美，屡获奖项。这套书重点描绘动物和植物，对孩子们有非常强烈的吸引力。孩子们通过反复阅读和体会这套绘本，或许可激发对一个主题的兴趣，进而深入思考和探索，发现更多知识。

每本书都是对现实世界的一次历险，既丰富了孩子们的阅历，又培养了他们的好奇心和理解能力——这是最好的学习方式。

这本《自然故事》属于:

格洛斯特郡花猪

塔姆沃思猪

大黑猪

大白猪

白肩猪

英国垂耳猪

巴克夏猪

中白猪

塔姆沃思猪

白肩猪

大白

格洛斯特郡花猪

中白猪

大黑猪

塔姆沃思猪

格洛斯特郡花猪

这两页展示了8种猪，你参观农场时最有可能见到的是大白猪。其余品种的猪比较少见，需要人们保护。

英国垂耳猪

巴克夏猪

大白猪

白肩猪

英国垂耳猪

格洛斯特郡花猪

图书在版编目（CIP）数据

所有猪都好看 /（英）迪克·金-史密斯著 ;（英）
安妮塔·婕朗绘 ; 于特译. -- 福州 : 海峡书局,
2023.6
（自然故事. 我爱观察）
ISBN 978-7-5567-1080-5

Ⅰ. ①所… Ⅱ. ①迪… ②安… ③于… Ⅲ. ①儿童故
事—图画故事—英国—现代 Ⅳ. ①I561.85

中国国家版本馆CIP数据核字(2023)第080264号

著作权合同登记号　图字：13-2023-055

浪花朵朵

所有猪都好看

[英] 迪克·金-史密斯 著
[英] 安妮塔·婕朗 绘
于特 译

海峡出版发行集团 THE STRAITS PUBLISHING & DISTRIBUTING GROUP | 海峡书局

我喜欢猪。

我不在乎它们长得大还是小，鼻子长还是短，耳朵竖起还是垂下。它们是黑的白的，还是姜黄色的，又或是长着斑点的，这些我完全不介意。

我就是喜欢猪。

如果你一定要问："必须选一种你最喜欢的猪，会是哪种呢？"那么，我可能不得不说："是那种白色的，身上长着黑色斑点的，鼻子不长不短的，耳朵垂下来的，来自格洛斯特郡的猪。"不过，在养过的所有猪里，我最喜欢一头名叫蒙蒂的种公猪，它是一头大白猪。

幸运的话，有些猪可以像蒙蒂一样，生活在野外。

可是蒙蒂从没让自己看起来很白，它生活在树林里，那里有一处池塘，它喜欢在里面打滚。不过它看上去块头非常大。的确如此。

我买它的时候，它还是一头小猪崽，等成年后它的体重已将近 550 斤。蒙蒂的脾气非常温和。每次我去喂它和另外 10 头母猪时，一听到呼唤，它就从树林里冲出来。对于任何不了解蒙蒂，不清楚这个老家伙是多么温顺的人来说，这一幕真是可怕！

吃过饭，它最喜欢的事儿就是等着人来挠头顶——两只大耳朵中间那一块。它非常享受这个过程，百挠不厌。

人能吃的猪都能吃，有些人不能吃的，它们也能吃。比如那些人消化不了的草、树根、块茎，都能让猪填饱肚子。

它那长着浅色长睫毛的眼睛，会舒服得眯起来，随后，它的后腿弯曲，臀部缓缓地坐下去，最终像一只大型犬那样完全坐在地上。噢，太可爱了！它的心思我了解。还有什么能比这一刻更美好？

大多数的猪都很容易满足。给它们挠挠背，它们会开心地扭来扭去。当然，你也得跟它们说说话。猪和人一样，喜欢友好地闲聊。千万不要站在它旁边，却一句话也不说。如果你不知道它的名字，可以喊它“小猪——小猪——小猪”。

猪有非常灵敏的嗅觉，就算是埋在土里的食物，它们也能闻出来。

用于交配繁殖的雌性猪被称为种母猪。

生活在野外的母猪会收集草、树枝、蕨叶，建造一个大窝，在里面产下猪崽。

跟一头大大的胖胖的种母猪聊天时，如果不知道它叫什么，我通常喊它“猪妈妈”。母猪们喜欢这个称呼。

一头母猪通常一胎产 8 ~ 12 个猪宝宝。
每个猪宝宝独占一个乳头，每次吃奶时它都只吮吸同一个。

母猪一生都在生育，能生非常非常多的猪宝宝。和人类妈妈一样，猪妈妈会悉心照料宝宝。问题是新生的猪宝宝个头太小了，猪妈妈躺下时稍不注意就会压到它们。人类妈妈几乎不会犯这样的错。

忙着跟猪聊天时，别忘了告诉它们，在你眼里，它们或它们的宝宝有多么可爱，猪会回应你的。

不怎么了解猪的人，只能听见它们发出的“呼噜呼噜”“吱吱吱吱”的叫声。可如果你懂它们的语言，你就会知道猪是在跟你谈论各种各样的事情，比如：

正如你观察到的，猪长着偶蹄（由趾甲特化而来的角质蹄，每只脚上的蹄数为二或四），它们走路时第三趾和第四趾着地。

母猪完成交配以后，通常会经历三个月三周零三天的孕期，然后产下猪宝宝。

“你为人太好了，谢谢你喜欢我的孩子们。”或者：“使点儿劲挠，劳烦再往上移一点儿，往左一点儿，下来一点儿。没错，就是那儿！”或者：

“嗯，你说得对，你不是第一个夸我漂亮的人。”

或者：

“今天的饭菜不错，真好吃，十分感谢！”

和人一样，猪当然也不总是阳光开朗、脾气温和，
有时你会听到：

“快点儿，你这个愚蠢
的两脚怪，为啥这么晚，我快饿死了！”或者：

“你胆敢碰一下我的
宝宝，小心我咬你！”
（这时一定要当心，
千万别任性尝试，猪咬
起人来特别可怕！）

和人一样，猪也有自己的主意，

别指望你让它们去哪儿它们就去哪儿。

猪只要吃得好住得好，几乎不需要看兽医。

猪的脏器和人类的高度相似。
猪的心脏、肺、肝脏、肾和胃，
所在的位置和我们的一样。而且
和人一样，猪也既吃肉又吃蔬菜。

和人（至少是那些经过如厕训练的人）一样，猪也非常爱干净，从来不会在窝里排泄。

你有没有注意到，

我总共说了多少次“猪和人一样”？

这是我这么喜欢它们的一个原因。

然而，猪和人之间还有一个明显的差别。

有些人长得好看，

有些人相貌普通，有些人不大好看。

但是，所有猪都好看。

格洛斯特郡花猪

大黑猪

索引

你可以使用索引表查询猪的相关知识。书中有两种字体，**这种**和这种，都要阅读哟！

大白猪

英国垂耳猪

巴克夏猪

塔姆沃思猪

白肩猪

大白猪

格洛斯特郡花猪

中白猪

大黑猪

塔姆沃思猪

格洛斯特郡花猪

作者的话

迪克·金－史密斯说道：“我在写这本书时，回忆了我最喜欢的那头名叫蒙蒂的大白猪。我觉得所有猪都好看，真的很喜欢它们。”

白肩猪

绘者的话

安妮塔·婕朗在画这本书时，生活在一个养猪的农场附近。“我去农场观察它们，”她说，“给它们画速写，给它们挠痒痒，对它们有了基本的了解。每一头猪都很好看，而我也开始想养一头属于自己的猪。”

巴克夏猪

塔姆沃思猪

白肩猪

英国垂耳猪

格洛斯特郡花猪

写给家长

与孩子们分享书籍是帮助他们学习阅读的最佳方式之一。《自然故事：我爱观察》是一套自然知识绘本，插图精美，屡获奖项。这套书重点描绘动物和植物，对孩子们有非常强烈的吸引力。孩子们通过反复阅读和体会这套绘本，或许可激发对一个主题的兴趣，进而深入思考和探索，发现更多知识。

每本书都是对现实世界的一次历险，既丰富了孩子们的阅历，又培养了他们的好奇心和理解能力——这是最好的学习方式。

这本《自然故事》属于：

____

____

____

图书在版编目（CIP）数据

所有豚鼠都可爱 / （英）迪克·金-史密斯著 ；（英）安妮塔·婕朗绘 ；于特译. -- 福州 ：海峡书局，2023.6
（自然故事. 我爱观察）
ISBN 978-7-5567-1080-5

Ⅰ. ①所… Ⅱ. ①迪… ②安… ③于… Ⅲ. ①儿童故事－图画故事－英国－现代 Ⅳ. ①I561.85

中国国家版本馆CIP数据核字(2023)第080291号

著作权合同登记号　图字：13-2023-055

浪花朵朵

所有豚鼠都可爱

[英] 迪克·金-史密斯　著
[英] 安妮塔·婕朗　绘
于特　译

海峡出版发行集团 THE STRAITS PUBLISHING & DISTRIBUTING GROUP | 海峡书局

过去有个愚蠢的说法：抓住豚鼠的尾巴把它拎起来，豚鼠的眼睛就会掉出来。

当然了，即使你这样做了，

豚鼠的眼睛也没那么容易掉出来，

而实际上你根本做不到，因为豚鼠没有尾巴。

一定要找到豚鼠和猪的相似之处的话，就是豚鼠长得胖乎乎的，看起来特别像小猪。

豚鼠又被称为荷兰猪，

其实它们和猪一点关系都没有。

豚鼠和田鼠、老鼠、松鼠一样，是啮齿动物。

啮齿动物有四颗大大的门齿，用来啃咬东西。在它们的一生中，这四颗牙齿会一直生长，所以啮齿动物需要吃坚硬的食物来不断磨损、磨尖牙齿。

关于豚鼠得名荷兰猪还有一种说法。据说在四百多年前，豚鼠最早由西班牙船员从南美洲的圭亚那高原带到了欧洲，当时船员们把它们叫作圭亚那猪（guiana pig）。后来豚鼠被荷兰人带到了亚洲，所以又被称为荷兰猪。

豚鼠来自啮齿类豚鼠家族，它的拉丁语学名是“*Cavia porcellus*”，意思是长得像猪的啮齿动物。

好吧，它们叫什么其实无所谓，反正我喜欢的是它们的样子。它们长得矮墩墩、胖乎乎、毛茸茸的，脑袋大大的，身体壮壮的，腿短短的。

短顺毛豚鼠

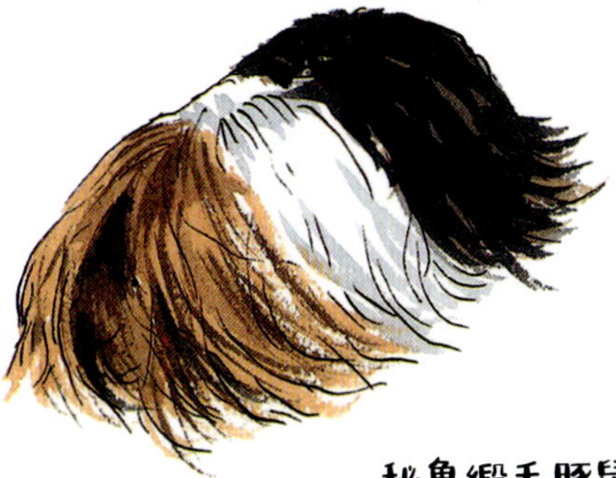

秘鲁缎毛豚鼠

它们毛色丰富，毛更是各式各样：有的柔顺，有的毛糙，有的长……仅画出的这几种就各不相同，更不用说其他种类了。

冠毛豚鼠

谢特兰豚鼠

过去五十年里，我养过上百只豚鼠，不过我最喜欢的一直是阿比西尼亚豚鼠。

阿比西尼亚豚鼠

豚鼠非常敏感。

它们对生活环境没那么挑剔，

相当好养。

豚鼠不喜欢阴冷、潮湿的环境，这点
和你一样吧；它们也不喜欢住在
空间特别狭小的地方，这一点
也和你一样吧。但是只要有一个舒适、温暖
又干燥的小窝住，豚鼠就会无比快乐。

豚鼠喜欢住在又大又宽敞的笼子里，如果笼子里还附带一片
用铁丝围栏罩起来的草地供它玩耍活动，就更好了。

豚鼠身体强壮，不容易生病。
只要照顾得当，
它们能活很多年。

豚鼠的平均寿命是5~8年。

我曾经养过一只叫泽恩的雌性
冠毛豚鼠。它和我一起生活了两
年，之后又跟着我女儿生活了
八年多。人的头发会随着年老逐
渐变白，但是泽恩的毛由于衰
老变得越来越黑。

豚鼠胃口很大。
它们喜欢吃东西，和
你一样吧。饲养豚鼠的乐
趣有很多，单是喂它们吃东西带
给我的乐趣就占了一半。

有些人只喂它们吃从宠物商店买来
的干草或豚鼠专用粮，这样当然也
可以。但想一想，无论对于胖得像
小猪一样的豚鼠，还是它的主人，每餐
饭都一样该有多单调。

我养的那些豚鼠吃的食物可是五花八门，比如：卷心菜叶、花菜叶、胡萝卜、面包片、苹果皮，还有蒲公英、苜蓿之类的野草。当然，饮用水必不可少。豚鼠每天都要喝干净的水。它们喝水时，食物残渣会经由饮水管被呼进瓶里，所以饮水瓶需要按时清洗。

养豚鼠尤其令人开心的一点是，如果你经常和它们待在一起，带它们四处逛逛，抚摸它们，和它们聊天，对它们关爱备至，它们真的会喜欢上你。

拿起豚鼠的正确方式是一手轻握
肩部，一手托住屁股。

养豚鼠还有一点很有趣，
它们非常爱说话。
它们饿了或者渴了的话，
通常会发出口
哨声，声音有时低，有时高。

雄豚鼠拉开架势，准备打上一架的时候，会发出“咯嗒嗒”的声音，这是它们快速咬牙发出的声音。

豚鼠宝宝太烦人的时候，豚鼠妈妈也会发出同样的叫声，吓唬它们。

除此以外，豚鼠还会发出这样的叫声：

喷气声、

低哀声、

鸟叫声、

冒泡声。

但是，如果你听到一只豚鼠对着另一只豚鼠发
出“咕噜咕噜”声，毫无疑问，
那是它在说“我爱你”。

不过，养豚鼠最好的一点是你会拥有很多豚鼠宝宝。

豚鼠的祖先是一类野生啮齿动物，生活在南美洲的山区，周围有各种天敌虎视眈眈。为了适应危险的生存环境，豚鼠幼崽在出生几小时后就能到处跑。

雌豚鼠怀宝宝的时间特别长，差不多要七十天。豚鼠宝宝刚出生时，就已经全身长满了毛，眼睛是睁开的，牙齿也全都长出来了。

新生的豚鼠宝宝个头小小的，却长着大大的脑袋和长长的脚，看起来相当滑稽。

兔宝宝出生时全身光秃秃的，闭着眼睛，要完全依靠妈妈来照顾，豚鼠宝宝可不这样。

几乎一出生，豚鼠宝宝们就和它们的父母、祖父母一样，
以极大的热情做着这两件事：

吃东西

和聊天。

在所有我养过的豚鼠中，有两只让我印象深刻，至今难忘。这两只都是雄性阿比西尼亚豚鼠，它们都有过很多长着大脑袋、长脚丫的可爱豚鼠宝宝。

其中一只是金黄色的，名字叫亚瑟王。另一只是蓝灰色的，名字叫海滩男孩。它们死后，我把它们埋在了我家院子里。

在院子里的草坪边上，有一棵孤零零的苹果树。我喜欢去看那棵树，看望安眠在树下的海滩男孩和亚瑟王，它们一个在树的一边，一个在另一边。

看到那棵树，我并不悲伤，而是会想起我和我的所有豚鼠伙伴儿一起度过的欢乐时光，因而感到幸福。

索引

你可以使用索引表查询豚鼠的相关知识。书中有两种字体，**这种**和**这种**，都要阅读哟！

写给家长

与孩子们分享书籍是帮助他们学习阅读的最佳方式之一。《自然故事：我爱观察》是一套自然知识绘本，插图精美，屡获奖项。这套书重点描绘动物和植物，对孩子们有非常强烈的吸引力。孩子们通过反复阅读和体会这套绘本，或许可激发对一个主题的兴趣，进而深入思考和探索，发现更多知识。

每本书都是对现实世界的一次历险，既丰富了孩子们的阅历，又培养了他们的好奇心和理解能力——这是最好的学习方式。

这本《自然故事》属于：

霸王龙
展览
今天开幕!
博

霸王龙
展览
今天开幕!
馆

图书在版编目（CIP）数据

霸王龙 /（英）维维安·弗伦奇著 ；（英）艾莉森·巴特利特绘 ；于特译. -- 福州 ：海峡书局，2023.6
（自然故事．我爱观察）
ISBN 978-7-5567-1080-5

Ⅰ. ①霸… Ⅱ. ①维… ②艾… ③于… Ⅲ. ①儿童故事－图画故事－英国－现代 Ⅳ. ①I561.85

中国国家版本馆CIP数据核字(2023)第080288号

著作权合同登记号 图字：13-2023-055

献给约翰·乔
——维维安·弗伦奇

献给露西、史蒂夫、奥斯卡
和哈里
——艾莉森·巴特利特

浪花朵朵

霸王龙

[英]维维安·弗伦奇　著
[英]艾莉森·巴特利特　绘
于特　译

海峡出版发行集团 | 海峡书局

最先展出的是一个蛋！

这个蛋有多大呢？

这个蛋，也许和你的头差不多大。

难道你不确定？为什么你不确定？

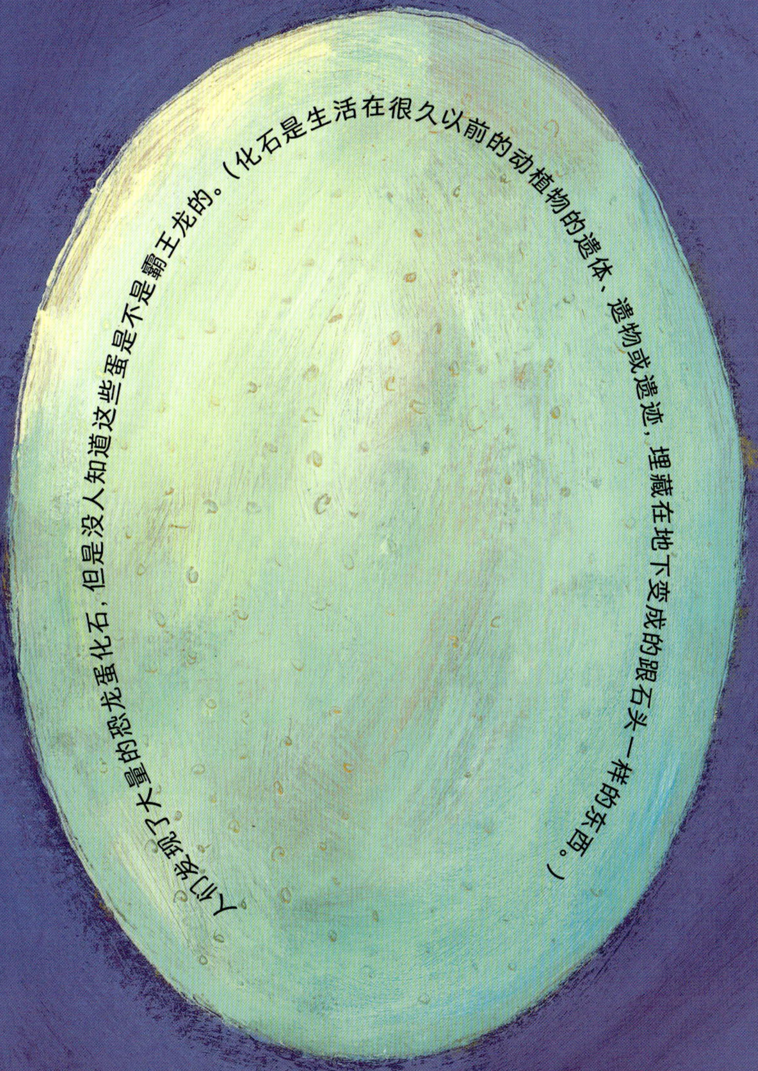

人们发现了大量的恐龙蛋化石，但是没人知道这些蛋是不是霸王龙的。（化石是生活在很久以前的动植物的遗体、遗物或遗迹，埋藏在地下变成的跟石头一样的东西。）

因为它来自许多许多万年前！

这个蛋产在巢里吗？
这个巢建在树上吗？

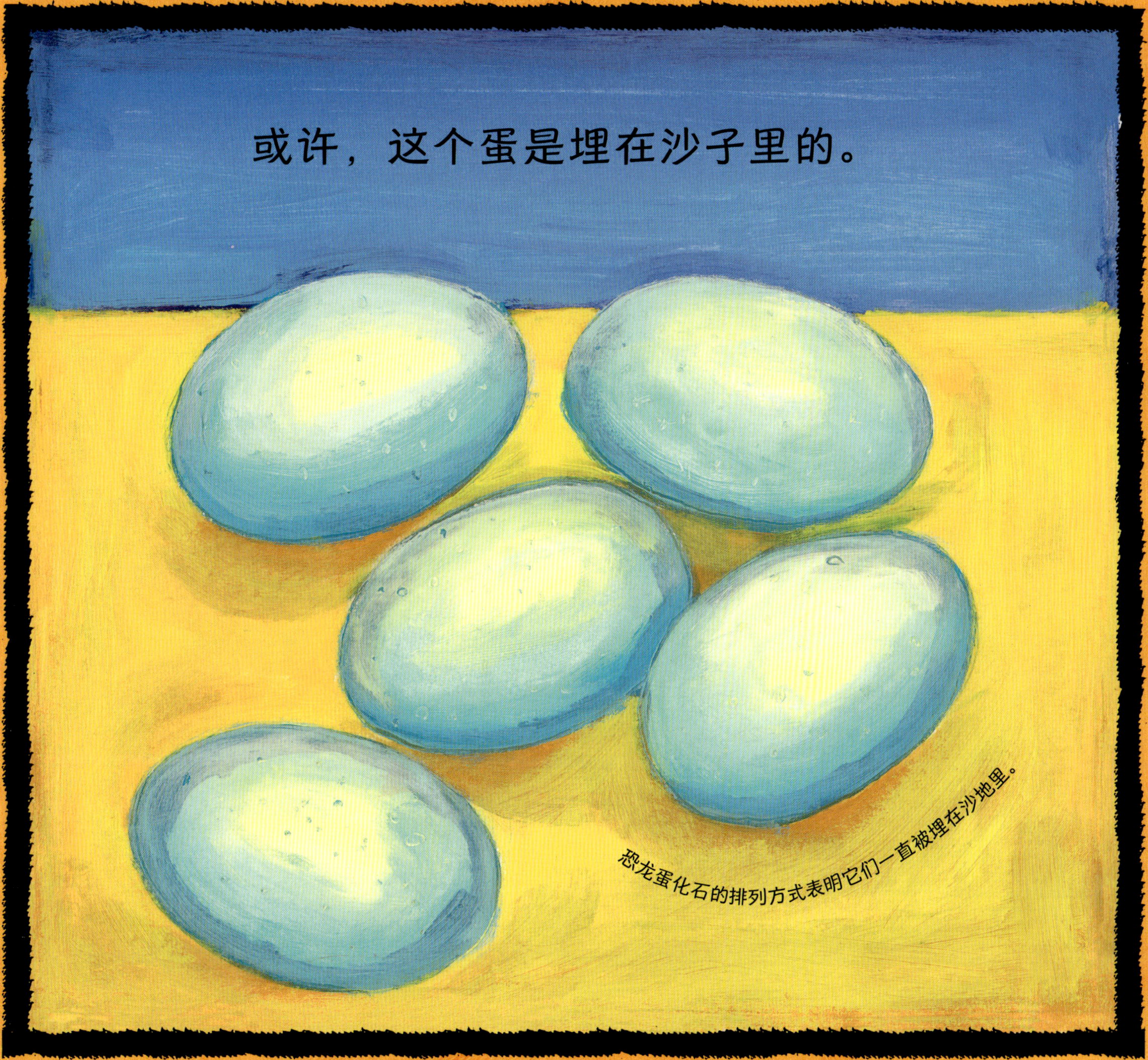

难道你不确定？为什么你不确定？

因为它存在于许多许多万年前！

在阳光的照耀下，沙子变得很烫。
就在那时，这个蛋裂开了，有什么东西爬了出来？
是一只小恐龙。
它是一只食肉恐龙，是霸王龙！

食肉恐龙以肉为食。
霸王龙的拉丁语学名是*Tyrannosaurus rex*，其中“Tyrannosaurus”意为暴君蜥蜴，“rex”意为国王。从名字可以看出霸王龙在恐龙世界的地位。

那它怎样长大呢？
还是你又不确定？

那是许多许多万年前的事了！

那里到处都隐藏着危险。无论小霸王龙走到哪儿，都能碰上食肉恐龙——它们有的大摇大摆地走着，有的偷偷靠近猎物，有的到处嗅来嗅去。

霸王龙生活的年代有许多大型食肉恐龙，比如蛇发女怪龙和艾伯塔龙。幼小的恐龙不得不多加小心。

一只成年霸王龙体长约12米，身高达5～6米，体重超过7吨。

任何动着的动物都可能成为它们的午餐——

“嘎吱！嘎吱！”

有一种观点认为，雌性霸王龙长得比雄性霸王龙大。这种观点是否正确，还需要进一步考证。

小霸王龙只好东躲西藏，
左冲右突化解危机，还得努力
填饱肚子，就这样慢慢长大了。

它长出了两条粗壮的腿、
有着利爪的趾、

没人知道霸王龙会发出怎样的叫声。

带鳞片的皮肤、饥渴的眼睛以及
可怕的牙齿……

人们曾经发现小片的恐龙皮肤化石，
但是对于恐龙到底是什么颜色的，仍旧一无所知。

霸王龙的牙齿形似刀刃，
边缘有细细的锯齿，
很容易就能撕开猎物的皮毛。

它的牙齿，那些可怕的牙齿，长什么样？
它们是不是尖尖的？是不是长长的？
是不是非常坚硬？

它跳出来，低吼着扑向惊慌失措的猎物时，
会不会撕咬对方？

可能会，
也可能不会——
那是许多许多万年前的事了。

它可能跳起来，猛地扑向猎物，狠狠地撕咬；
它也可能四处游荡，走上很远很远的路，不断嗅闻，
搜寻肉的气味——那些快要死掉的动物或者
已经死了的动物；
它还可能去寻找别的恐龙吃剩下的食物，
也许它是吃腐肉的食腐动物。

根据包括霸王龙在内的食肉恐龙的头骨化石推断，
它们拥有灵敏的鼻子，是识别气味的高手。

它和伙伴们一起捕猎吗？
还是和配偶一起捕猎？

没人知道霸王龙跑得有多快。

科学家有时会利用动物足迹来推测它们的奔跑速度，

可是目前发现的霸王龙足迹化石太少了。

霸王龙的骨架一般是单独被发现的。

它很有可能独自捕猎，独自吃东西，
然而，还得补充一句，我们并不能确定。

毕竟它生活在许多许多万年前。

你总是这么说“可能……”，可是我想知道——
我怎样才能了解到真正的事实。

答案要靠你自己去找，
你可以仔细观察那些恐龙骨骼。

现在，你认为它习惯走路还是奔跑？
它用什么方式找到食物？

它大声咆哮？还是低声吼叫？
它会发出“轰隆”声和“咕噜”声吗？

它如何生存，
又怎样死去？
它会照顾宝宝，还是扔下
它们不管？

也许，总有一天我们能够弄清楚……
弄清楚事实到底是什么。

关于恐龙，我们还有很多未解的问题，需要依靠更多的研究发现，才能找到答案。研究恐龙的科学家被称为古生物学家。（你会成为其中一员吗？）

最终找到答案的人也许就是你！

索引

你可以使用索引表查询霸王龙的相关知识。书中有三种字体，

这种、*这种*（细体）和这种（小字），都要阅读哟！

维维安 · 弗伦奇

她生活在英国爱丁堡，写了多本童书。“我一直喜欢恐龙，”她说，“霸王龙的特别之处是它的体形很大。我们对恐龙知之甚少，这让我着迷。恐龙专家总是不断改变看法。没准有一天，霸王龙最终被证实是龙！”

艾莉森 · 巴特利特

她和儿子乔尔生活在英国巴斯，他们一起四处搜寻恐龙化石，但是至今什么也没找着。不过，他们经常制作恐龙模型，甚至在邻居艾玛的帮助下，建造了一个恐龙园。

关于霸王龙

关于霸王龙我们唯一能确定的是，它是一种生活在白垩纪末期的大型恐龙。其余的认识都是人们的推测。这一点真是令人兴奋。下周、明年或是二十年后，也许有人会有重大发现，告诉我们更多关于霸王龙的事儿。谁知道呢，那个人或许就是你！

霸王龙
展览
今天开幕!

霸王龙
展览
今天开幕!

写给家长

与孩子们分享书籍是帮助他们学习阅读的最佳方式之一。《自然故事：我爱观察》是一套自然知识绘本，插图精美，屡获奖项。这套书重点描绘动物和植物，对孩子们有非常强烈的吸引力。孩子们通过反复阅读和体会这套绘本，或许可激发对一个主题的兴趣，进而深入思考和探索，发现更多知识。

每本书都是对现实世界的一次历险，既丰富了孩子们的阅历，又培养了他们的好奇心和理解能力——这是最好的学习方式。

这本《自然故事》属于：

你知道吗？世界上有5000多种青蛙。每一种都有自己的特点，不同种类之间也有相似的特征。

青蛙的躯干短而宽，后肢长，前肢短小，没有尾巴。几乎所有青蛙都能跳跃，虽然有的青蛙跳得很近。它们吃小动物，比如蜗牛、蛞蝓、蚯蚓、甲虫和苍蝇。

青蛙通常生活在潮湿的环境中，除了用肺呼吸外，还能依靠皮肤上的毛孔和毛细血管来呼吸。青蛙中的大多数种类生活在世界上降雨丰沛的温暖地区。还有一些种类生活在有寒冷冬季的地区，比如北美洲和欧洲的大部分地区，它们会冬眠，等到在春天苏醒以后繁育后代。

青蛙一般把卵产在池塘或溪流中，卵会孵化成蝌蚪。蝌蚪长着长长的尾巴，没有四肢，和它们的爸爸妈妈一点儿都不像。

蝌蚪渐渐长大，尾巴一点点缩短，身体两侧先长出后肢，再长出前肢。

终于，尾巴不见了，蝌蚪变成了小青蛙。

*青蛙的前脚有4趾，后脚有5趾。因视角不同，本书部分图画呈现的青蛙趾头数与前述数量不一致。

奇妙的

[英]马丁·詹金斯　著

献给我的家人
——马丁·詹金斯

献给理查德和阿德里安
——蒂姆·霍普古德

图书在版编目（CIP）数据

奇妙的青蛙 / （英）马丁·詹金斯著 ；（英）蒂姆·霍普古德绘 ；于特译. -- 福州 ：海峡书局，2023.6
（自然故事. 我爱观察）
ISBN 978-7-5567-1080-5

Ⅰ. ①奇… Ⅱ. ①马… ②蒂… ③于… Ⅲ. ①儿童故事－图画故事－英国－现代 Ⅳ. ①I561.85

中国国家版本馆CIP数据核字(2023)第080289号

著作权合同登记号　图字：13-2023-055

浪花朵朵

青蛙

[英]蒂姆·霍普古德　绘　于特　译

海峡出版发行集团 | 海峡书局

这只青蛙**巨大无比**

（在青蛙的世界里）。

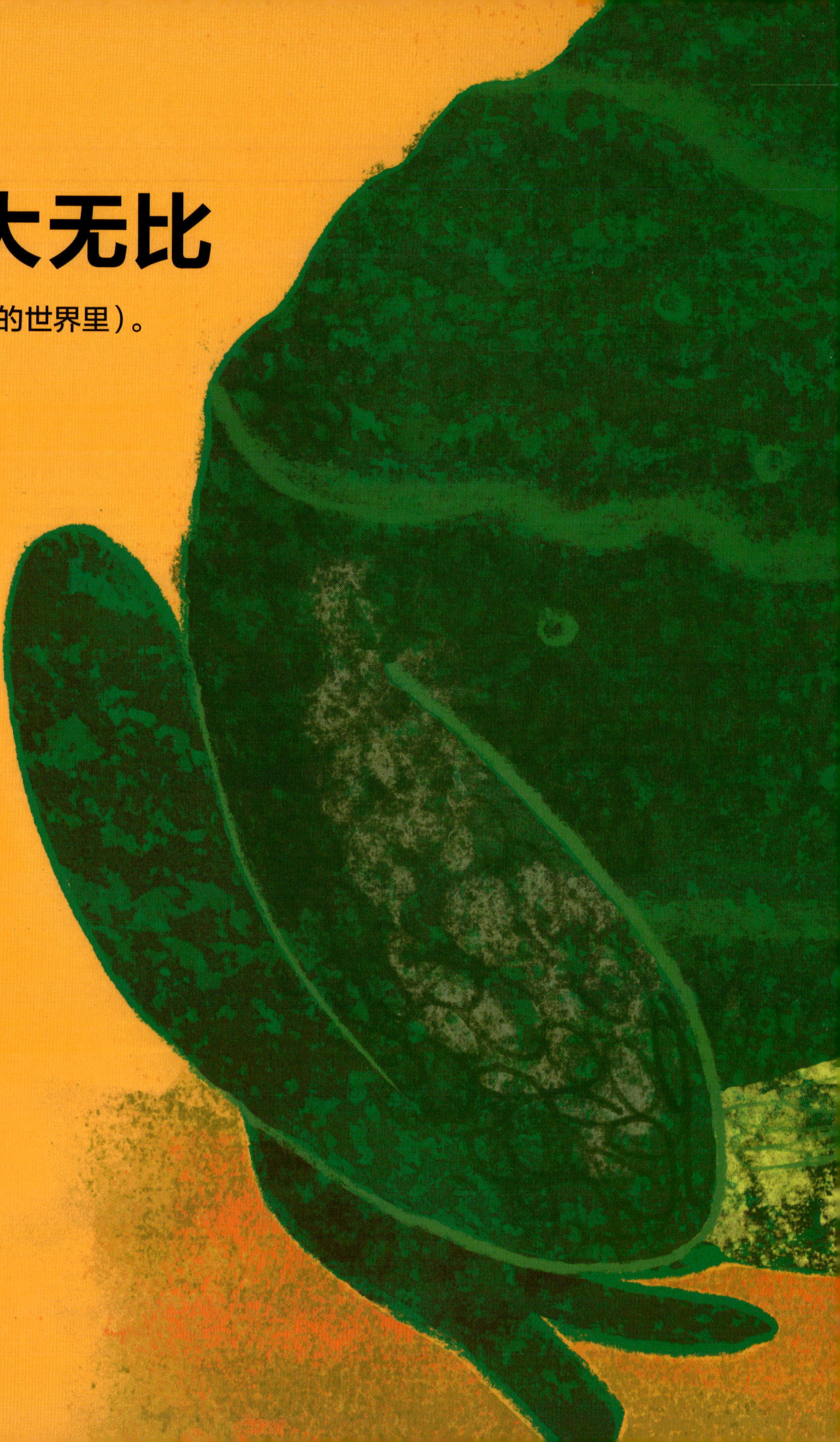

它是非洲巨蛙，生活在非洲西部，
是世界上最大的青蛙。
有时它会吃个头小的青蛙。

这只青蛙的鼻子有点古怪。

这种青蛙叫达尔文蛙，
生活在南美洲。
没人知道它的鼻子为什么长得那么尖。

它是非洲巨蛙，生活在非洲西部，
是世界上最大的青蛙。
有时它会吃个头小的青蛙。

这些青蛙太小了。

它们是世界上最小的青蛙，准确地说，是人们目前已知的所有青蛙种类中个头最小的一种，
生活在新几内亚岛。

这只青蛙的鼻子有点古怪。

这种青蛙叫达尔文蛙，
生活在南美洲。
没人知道它的鼻子为什么长得那么尖。

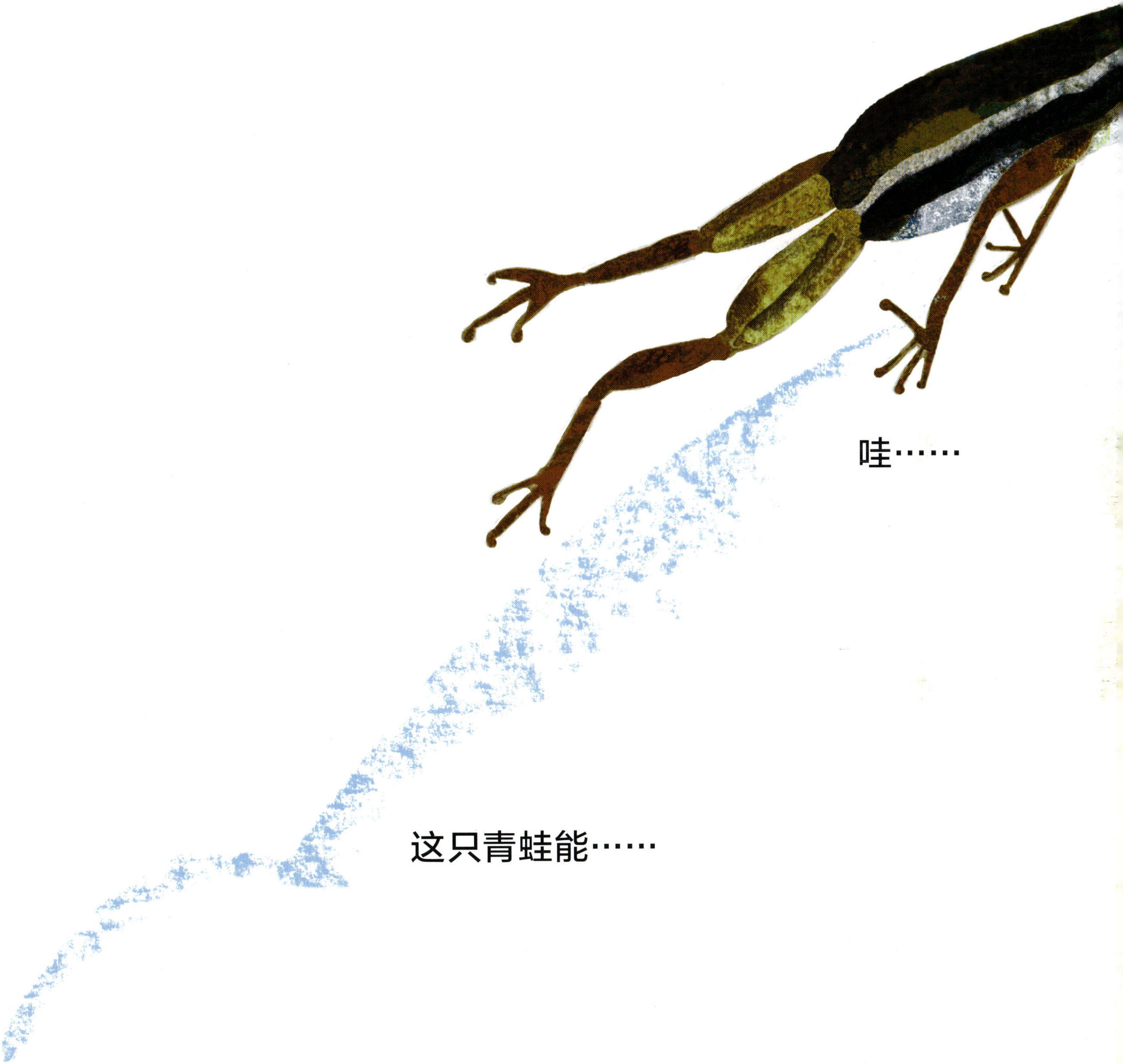

哇……

这只青蛙能……

……跳这么远，

跳这么快！

它是来自澳大利亚的条纹火箭蛙，

一次能跳5米远，拼命逃跑时可大有用处。

青蛙的叫声多种多样，还非常大。

青蛙利用叫声向其他青蛙宣誓领地。
这些大喊大叫的都是雄蛙，相比之下，雌蛙安静多了。
位于画面中央最大的那只是牛蛙。

这是一只黑掌树蛙，
又叫华莱士飞蛙，
其实它算不上真正能飞，
只是从高处向低处滑翔。

它生活在东南亚的森林里，住在树上，要从一棵树跳到另一棵树上时，就会把脚趾间的皮肤（蹼）展开，帮助自己滑翔。

这只青蛙叫壮发蛙，

但它身上长的并不是真的毛发。

壮发蛙生活在非洲中西部。它身上看似毛发的东西其实是毛发状的乳突。在水下时，它用这些“毛”呼吸。

这些青蛙太美了。
我看不出来哪一只**最**美。

可我知道，它们中的每一只都能杀死一匹马。当然，马儿才没那么蠢，要来吃这些青蛙。

马不会主动去吃青蛙，却有许多动物爱吃青蛙。生活在南美洲的箭毒蛙，利用皮肤分泌的致命毒液来保护自己。它们用那身明亮的色彩向捕食者发出警告：**“离我远点儿！”**

青蛙们在给自己的后代建泡沫巢。

它们是灰螳臂树蛙，会把泡沫巢建在池塘或溪流上方的树枝上。巢里的受精卵孵化后，小蝌蚪就扭动着钻出来，直接落入水中。

这只鼻子特别古怪的青蛙为了照料宝宝们，会把它们安置在声囊中，等宝宝们发育成小青蛙以后再把它们吐出来。

卵中的蝌蚪发育到开始游动时，雄性达尔文蛙就把它们吞入喉部的一个特殊袋子里。你也许担心雄蛙一不小心会把蝌蚪吞进肚子里，雄蛙才没那么笨。

这只青蛙从不离开水。

它是非洲爪蟾，一生都生活在溪流或池塘中。
只有少数青蛙像这种蛙一样完全生活在水中。

这只青蛙能在地下存活很多很多年，

所有青蛙都很奇妙，不过……

所有青蛙中，
我最喜欢的是那只中等大小的棕绿色青蛙，
它就趴在我家后院池塘里睡莲的叶子上。

马丁·詹金斯

作为一名保护生物学家，他在工作中遇见过各种各样的青蛙。在他看来，所有青蛙都很奇妙，即使那些有时在晚上吵得他睡不着觉的青蛙也不例外。

蒂姆·霍普古德

他对绘画认识颇深，但这是他的第一本有关青蛙的书。小时候他对青蛙卵着迷，现在有机会描绘真正的青蛙，他很享受这个过程。

大足短头蛙

北部湾棱皮树蛙

钟角蛙

红犁足蛙

非洲树蛙*

异跳蛙**

叶蛙***

黑短头蛙

以上加*的青蛙名字均采用了属名，
其拉丁语学名尚未有对应的通用中文名字。

索引

你可以使用索引表查询青蛙的相关知识。书中有两种字体，**这种**和**这种**，都要阅读哟！

写给家长

与孩子们分享书籍是帮助他们学习阅读的最佳方式之一。《自然故事：我爱观察》是一套自然知识绘本，插图精美，屡获奖项。这套书重点描绘动物和植物，对孩子们有非常强烈的吸引力。孩子们通过反复阅读和体会这套绘本，或许可激发对一个主题的兴趣，进而深入思考和探索，发现更多知识。

每本书都是对现实世界的一次历险，既丰富了孩子们的阅历，又培养了他们的好奇心和理解能力——这是最好的学习方式。